Die besten Rezepte
Spargel

Die besten Rezepte Spargel

Sabine Vonderstein (Hg.)

Parragon

Bath • New York • Singapore • Hong Kong • Cologne • Delhi
Melbourne • Amsterdam • Johannesburg • Auckland • Shenzhen

Anmerkungen für den Leser:
Ein Teelöffel entspricht 5 ml, ein Esslöffel 15 ml. Soweit nicht anders angegeben, wird Vollmilch verwendet. Die Angaben für Kartoffeln, Gemüse und Eier beziehen sich auf mittlere Größen. Pfeffer ist immer frisch gemahlener Pfeffer.
Kinder, ältere Menschen, Schwangere, Kranke und Rekonvaleszenten sollten auf Gerichte mit rohen oder nur leicht gegarten Eiern, auf rohen Fisch und rohe Meeresfrüchte sowie Erdnüsse oder Erdnussprodukte verzichten. Allergiker bitten wir zu beachten, dass einige Fertigprodukte, die in den Rezepten verwendet werden, allergene Bestandteile enthalten können und daher immer sorgfältig die Inhaltsstoffe der Produkte überprüft werden müssen.
Bewahren Sie Lebensmittelreste immer im Kühlschrank auf, und prüfen Sie sie vor ihrer Verwendung gewissenhaft auf ihre Verwertbarkeit. Verdorbene Lebensmittel dürfen auf keinen Fall verzehrt werden.

Queen Street House
4 Queen Street
Bath BA1 1 HE, UK
www.parragon.com

Projektkoordination: Sabine Vonderstein, Köln
Vorwort: Wiebke Krabbe
Lektorat: Anna Christiane Loll, Köln
Design: Sabine Vonderstein, Köln
Foodstyling: Christoph Maurer, Düsseldorf
Fotostyling: Sabine Vonderstein, Jo Kirchherr
Fotografien: Jo Kirchherr, Köln
mit Ausnahme von:
iStock: S. 6–7 © Agnes Csondor

ISBN: 978-1-4454-6269-1

Printed in China

Inhalt

6 € la botte
€

Warenkunde

Spargel gehört zu den ersten Gemüsesorten, die früh in der Saison von heimischen Feldern auf den Markt kommen, und sein feiner Geschmack ist wie geschaffen, um die ersten warmen Frühlingstage mit einem leichten Festessen zu feiern. In Norddeutschland serviert man ihn zu Katenschinken, der nach alter Tradition aus dem Rauch genommen wird, wenn der Kuckuck zum ersten Mal ruft – also gerade rechtzeitig zur Spargelernte.

In China war Spargel schon vor 5000 Jahren als Heilpflanze bekannt. Auch in der griechischen und römischen Antike setzte man ihn vor allem wegen seiner entwässernden Wirkung zu medizinischen Zwecken ein. Die Römer brachten ihn von ihren Feldzügen mit nach Mitteleuropa, wo er zunächst aber nur auf wenig Liebe stieß und bald wieder in Vergessenheit geriet.

Erst im 16. Jahrhundert wurde Spargel in Europa wieder kultiviert, allerdings in recht geringem Umfang, denn die Pflanzen waren anspruchsvoll, der Anbau war aufwendig und mühsam, und die Erträge waren nur mäßig. Die einfache Landbevölkerung hatte schließlich Bedarf an ertragreichem, sättigendem Gemüse wie Rüben oder Kartoffeln und betrachtete Spargel darum als teure Delikatesse und Liebhaberei.

Heute hat sich das Ernährungsbewusstsein gewandelt, und Spargel wird – abgesehen von seinem wunderbaren Geschmack – auch geschätzt, weil er kalorienarm ist und wertvolle Vitamine und Mineralstoffe enthält.

Regional und tagesfrisch

Dass die Spargelsaison alljährlich mit Vorfreude erwartet wird, hat sicherlich mit der relativ kurzen Erntezeit zu tun. Die Pflanzen sind zwar mehrjährig, brauchen aber nach dem letzten Stich noch genügend Zeit zur Regeneration, damit sie auch im folgenden Jahr wieder gute Erträge liefern. Traditionell endet in Deutschland die Spargelernte an Johanni (24. Juni), wenn die Johannisbeeren reif werden und die Kirschen rote Bäckchen bekommen.

Heute wird Spargel in aller Welt angebaut, sodass Importware auch zu anderen Jahreszeiten in unseren Supermärkten angeboten wird. Spargel aus Südamerika etwa kann sehr gut sein. Kontrollieren Sie immer die Enden (vor allem, wenn sie in einer

Verpackung stecken). Ware mit holzigen Enden liegen lassen! Am besten schmeckt Spargel natürlich, wenn er ganz frisch ist. Wer Spitzenqualität auf den Tisch bringen möchte, kauft am besten tagesfrische Ware direkt beim Erzeuger – entweder auf dem Wochenmarkt oder an einem der Verkaufsstände, die in der Erntezeit am Rand der Spargelfelder und an den Ausfallstraßen stehen.

Welche Farbe darf es sein?

Weißer Spargel gilt als besonders edel. Das hat nicht nur mit seiner vornehmen Blässe und seinem fast perlmuttartigen Glanz zu tun, sondern auch mit seinem Preis, der sich durch den hohen Arbeitsaufwand bei Anbau und Ernte erklärt. Nach der Pflanzung müssen die Reihen angehäufelt werden, damit die Stangen völlig im Dunkeln heranwachsen. Heute werden die Reihen zusätzlich mit dunkler Folie abgedeckt, um die Stangen vor Licht zu schützen. Auch die Ernte ist nicht ganz einfach, denn die weißen Spargelsprossen liegen ja vollständig unter der Erdoberfläche – man muss sie also zu finden wissen und mit viel Fingerspitzengefühl einzeln von Hand stechen. Und Handarbeit hat nun einmal ihren Preis.

In Frankreich etwa ist es üblich, die Spargelstangen etwas länger wachsen zu lassen, sodass ihre Köpfe ein wenig aus der Erde herausschauen. Die Spargelköpfe bekommen dadurch eine zart grünliche oder hellviolette Färbung, und das Gemüse ist einfacher und schneller zu ernten. Geschmacklich unterscheidet sich violetter Spargel jedoch kaum von weißem.

In den USA und einigen anderen Ländern wird häufig grüner Spargel angeboten. Dabei handelt es sich nicht unbedingt um andere Sorten, lediglich die Anbaumethoden unterscheiden sich. Lässt man die Sprossen nämlich aus der Erde herauswachsen, färben sie sich durch die Lichteinwirkung grün und entwickeln einen etwas kräftigeren Geschmack. Grüner Spargel gedeiht auf den meisten Böden, er muss nicht angehäufelt werden, und auch seine Ernte ist im Vergleich zu den weißen und violetten Sorten unkompliziert, darum ist er meist preisgünstiger als weißer Spargel. Die Vorbereitung kostet ebenfalls weniger Zeit und Mühe, weil die Stangen allenfalls am unteren Ende geschält werden müssen. Sie schmecken auch roh und machen sich gut in Salaten oder allein und lauwarm mit einer kräftigen Vinaigrette.

Spargel vorbereiten

Den frischen, hellen Spargel waschen und mit einem Sparschäler schälen. Unterhalb der Spitze ansetzen.

Sollten die Enden etwas holzig sein, diese großzügig abschneiden.

Grüner Spargel wird – wenn überhaupt – nur im unteren Drittel geschält. Holzige Enden entfernen.

Mit Küchengarn zu Portionen stramm zusammenbinden, ohne dass die Stangen dabei brechen.

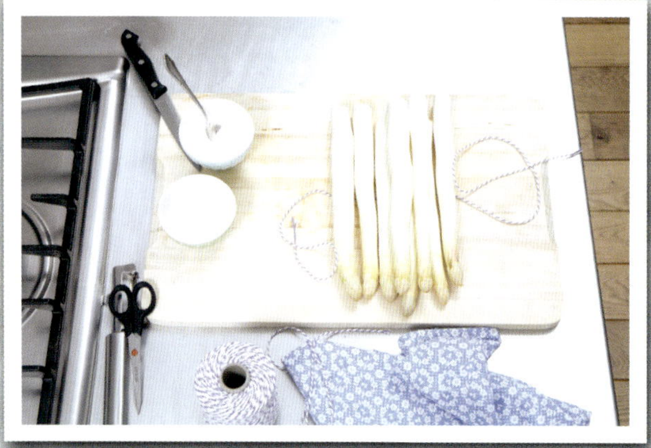

Auch für hellen Spargel Küchengarn und Schere bereitlegen.

Die Stangen sollen auch gegart nicht herausrutschen, darum möglichst stramm zusammenbinden.

Spargel kochen

Reichlich Wasser in einem ausreichend großen Topf zum Kochen bringen und salzen.

Den Spargel in Portionen hineingeben. Eventuell etwas Zucker und einen Stich Butter zufügen.

Den Spargel je nach Dicke der Stangen in etwa 15 Minuten bissfest kochen. Er gart schnell nach.

Sofort aus dem kochenden Wasser heben und in einer Schüssel warm stellen oder weiterverarbeiten.

Die Spargelschalen und Enden nun weitere 10 Minuten in dem Kochwasser garen.

Durch einen Durchschlag gießen, dabei das Kochwasser für eine Cremesuppe auffangen.

Spargel frisch halten

Spargel nimmt trockene, warme Lagerung sehr übel, darum nach dem Kauf gleich gut versorgen.

Ein ausreichend großes Tuch, etwa ein sauberes Geschirrtuch, nass machen und leicht wringen.

Den Spargel in die Mitte der kurzen Seite legen und zur Rolle aufwickeln.

Das ganze Tuch nutzen. Je feuchter die Luft um den Spargel herum ist, umso besser.

Die offenen Enden nach innen einschlagen …

… und mit der Naht nach unten in das Gemüsefach des Kühlschranks legen.

Spargel karamellisieren

Stellen Sie sich alles bereit, was Sie für die Zubereitung brauchen: Spargel, Butter, Zucker, Pfeffer und Salz.

500 g weißen Spargel schälen und gleichmäßig in mundgerechte Stücke schneiden.

1 Esslöffel Butter bei mittlerer Hitze in einer Pfanne zerlassen.

Die Spargelstücke in die Pfanne geben. Vorsicht vor heißen Fettspritzern!

Mit 1 Teelöffel Zucker und einer Prise Salz bestreuen und wenden. 10 Minuten dünsten oder länger, bis der Spargel bissfest ist.

Zum Schluss nach Belieben mit etwas Pfeffer würzen.

Suppen, Salate & Vorspeisen

hellgrünes, fruchtiges
Spargelschaumsüppchen

Für 4 Personen

1 kg grüner Spargel
Salz
Zucker
1 l Gemüsebrühe
1 säuerlicher, grüner Apfel, z. B. Granny Smith
Saft von ½ Zitrone
100 g Sahne
Pfeffer
frisch geriebene Muskatnuss

Zum Dekorieren:
50 g Sahne
2 Frühlingszwiebeln

frisches Toastbrot, zum Servieren

1 Das untere Drittel der Spargelstangen schälen, dann waschen und in 3 cm lange Stücke schneiden. Nur knapp mit Wasser bedecken und aufkochen. Salz und Zucker zufügen und etwa 10 Minuten garen und abgießen. Dabei das Kochwasser auffangen.

2 Den Spargel mit sehr wenig Kochwasser pürieren und beiseitestellen.

3 Das aufgefangene Kochwasser mit der Gemüsebrühe auf insgesamt 1,5 Liter Flüssigkeit auffüllen.

4 Den Apfel waschen und schälen. Mit einem Melonenkugelausstecher Kugeln ausstechen und diese in ein Gefäß mit Wasser und dem Zitronensaft geben, damit der Apfel nicht braun wird.

5 Spargelmus und Sahne zur Brühe geben und mit Salz, Pfeffer und Muskatnuss abschmecken.

6 Die Suppe vor dem Servieren noch einmal mit dem Pürierstab aufschäumen. Die Apfelkugeln in die Suppe geben und darin leicht erhitzen.

7 Zum Garnieren die Sahne steif schlagen und auf jede Portion einen Klecks geben. Eine Frühlingszwiebel in Streifen schneiden, die zweite Frühlingszwiebel in feine Ringe. Die Suppentassen damit garnieren.

Dazu schmeckt frisches Toastbrot.

spritzige

Spargel-Consommé

Für 4 Personen

600 g weißer Spargel
1 kleine Zitrone (unbehandelt)
1 l Wasser
4 TL gekörnte Hühnerbrühe
2 Zweige Zitronenmelisse
1 Prise Zucker
weißer Pfeffer

frische Brioche, zum Servieren

1 Den Spargel waschen, schälen und die Enden abschneiden.

2 Den Spargel in mundgerechte Stücke schneiden.

3 Von der Zitrone 1 Teelöffel Schale abreiben.

4 Die Spargelschalen mit der abgeriebenen Zitronenschale in das kalte Wasser geben, dann aufkochen. Bei schwacher Hitze 10 Minuten garen. Abgießen, dabei den Kochsud auffangen. Die Schalen wegwerfen.

5 Den Kochsud wieder auf 1 Liter Flüssigkeit auffüllen und die gekörnte Brühe einstreuen. Die Spargelstücke darin etwa 5 Minuten garen, bis sie bissfest sind.

6 Die Zitronenmelisse abbrausen, trocken schütteln und die Blättchen von den Stielen zupfen.

7 Die Zitrone auspressen. Die Consommé mit Zitronensaft, Zucker und Pfeffer abschmecken und mit den Zitronenmelisseblättchen garniert servieren.

Dazu schmeckt frische Brioche.

flotter

Spargelsalat „bicolor“

Für 4 Personen

10 Stangen weißer Spargel
10 Stangen grüner Spargel
Salz und Zucker
50 ml Weißweinessig
100 ml Olivenöl
1 kleiner Bund Schnittlauch
Eigelb von 3 gekochten Eiern, zerkrümelt
weißer Pfeffer
frisch geriebene Muskatnuss

Roggenmischbrot, zum Servieren

1 Den Spargel schälen und getrennt kochen: grünen Spargel 10 Minuten, weißen Spargel 15 Minuten. Den Kochsud leicht salzen und zuckern. Den Spargel unter kaltem Wasser abschrecken und auf einem Tuch abtropfen lassen.

2 In einer Schüssel Essig und Olivenöl verrühren.

3 Den Schnittlauch in sehr feine Röllchen schneiden und mit dem Eigelb zur Essig-Öl-Mischung geben. Mit Pfeffer, Salz und Muskat abschmecken.

4 Den weißen Spargel in 2 cm lange Stücke schneiden und in eine Schüssel geben. Den grünen Spargel ganz lassen und in eine flache Schale legen. Das Dressing auf beide Spargelsorten aufteilen und etwa 1 Stunde ziehen lassen.

Mit Roggenbrot servieren.

bunter
Spargel-Reis-Salat

Für 4 Personen

250 g Langkornreis
1 rote Paprika
1 gelbe Paprika
1 dicke Scheibe
gekochter Schinken (250 g)
1 kg weißer Spargel
150 g Naturjoghurt
2 EL Mayonnaise
2 Frühlingszwiebeln
Salz und Pfeffer
Zitronensaft

Brunnenkresse, zum Garnieren

1 Den Reis nach Packungsangabe garen.

2 Die Paprika putzen und in kleine Würfel schneiden.

3 Den Schinken ebenfalls in kleine Würfel schneiden.

4 Den Spargel schälen und in Salzwasser bissfest kochen. Dann abtropfen lassen und in mundgerechte Stücke schneiden. Dicke Spargelstangen der Länge nach halbieren.

5 Joghurt, Mayonnaise und Frühlingszwiebeln zu einer Salatsauce verrühren, mit Salz, Pfeffer und Zitronensaft abschmecken.

6 Den noch warmen Reis in eine Salatschüssel geben, Paprikawürfel, Schinken und Spargelstücke zugeben und alles mit der Sauce vermengen. Abkühlen lassen und mindestens 3 Stunden im Kühlschrank ziehen lassen.

Am besten schmeckt dieser Salat, wenn er gut durchgezogen ist, also am nächsten Tag. Mit Brunnenkresse bestreut servieren.

gebratener Spargel auf Feldsalat

Für 4 Personen

1 kg weißer Spargel
3 EL Öl
Salz
Pfeffer
Zucker
6 EL Balsamico-Essig
250 g Feldsalat
5 Tomaten
4 EL Kürbiskernöl
50 g Parmesanspäne
30 g Kürbiskerne

Kürbiskernbrötchen, zum Servieren

1 Den Spargel waschen, schälen und in 5 cm lange Stücke schneiden.

2 Das Öl in eine Pfanne geben und erhitzen. Den Spargel darin etwa 10 Minuten braten, bis er gerade eben gar und goldbraun ist. Achtung: Zuerst dauert es lange, bis er anfängt zu bräunen, dann geht es ganz schnell!

3 Mit Salz, Pfeffer, Zucker und 3 Esslöffeln Essig würzen. Die Pfanne vom Herd nehmen.

4 Den Feldsalat putzen. Die Tomaten waschen und in schmale Spalten schneiden. Beides auf vier Teller verteilen. Den übrigen Essig mit dem Kürbiskernöl verquirlen, mit Salz, Pfeffer und Zucker abschmecken und über den Salat gießen.

5 Den noch warmen Spargel aus der Pfanne nehmen und auf dem Salat anrichten.

6 Die noch warme Vinaigrette aus der Pfanne über den Salat träufeln.

7 Zum Schluss jede Portion mit Parmesan und Kürbiskernen bestreuen.

Dazu schmeckt frisches Brot. Sie können ein Kürbiskernbrötchen in dünne Scheiben schneiden.

Romanasalat mit karamellisiertem *Spargel und Croûtons*

Für 4 Personen als Vorspeise
(sonst: für 2 Personen)

2 Romana-Salatherzen
1 Eigelb
1 TL Senf
2 EL Sojasauce
Saft von ½ Zitrone
5 EL Olivenöl
1 Sardellenfilet
Salz und Pfeffer
800 g weißer Spargel
2 EL Zucker
4 EL Butter
4 Scheiben Toastbrot
1 Knoblauchzehe, zerdrückt
30 g Parmesanspäne

1 Den Salat zerpflücken und waschen. Die Blätter gut abtropfen lassen oder schleudern.

2 Für das Dressing das Eigelb mit Senf, Sojasauce, Zitronensaft und Olivenöl verrühren.

3 Das Sardellenfilet zerdrücken, zum Dressing geben und alles mit Salz und Pfeffer abschmecken. Achtung: Die Sardellen sind schon recht salzig!

4 Den Spargel schälen und holzige Enden entfernen. Den Zucker mit 2 Esslöffeln Butter in einer Pfanne erhitzen. Den Spargel bei mittlerer Hitze darin braten und regelmäßig schwenken, bis er leicht gebräunt und vom Karamell überzogen ist. Das dauert 5–10 Minuten; der Spargel ist dann noch bissfest. Je nach Dicke der Stangen, kann der Spargel auch kurz vorgekocht werden.

5 Den Spargel aus der Pfanne nehmen, mit Salz und Pfeffer würzen und etwas abkühlen lassen.

6 Die restliche Butter in der Pfanne erhitzen. Das Toastbrot in kleine Würfel schneiden und mit dem Knoblauch in der Pfanne goldgelb rösten.

7 Romanasalat und Spargel auf einer Platte anrichten und das Dressing darüberträufeln. Mit Croûtons und Parmesanspänen bestreut servieren.

italienische

Spargel-Wraps

Für 4 Personen
als Vorspeise/Beilage
(sonst: für 2 Personen)

500 g grüner Spargel
2 rote Paprika
100 g Frischkäse
2 EL Milch
1 kleines Bund Schnittlauch
4 Stängel Petersilie
1 Ei, hart gekocht
2 TL Senf
Salz und Pfeffer
4 Scheiben gekochter Schinken
4 Tortillas (Fertigprodukt)

1 Das untere Drittel der Spargelstangen schälen und in kochendem Salzwasser 8 Minuten garen, bis er bissfest ist.

2 Die Paprika putzen und in schmale Streifen schneiden.

3 Den Frischkäse mit der Milch glatt rühren.

4 Den Schnittlauch in feine Röllchen schneiden. Die Petersilienblätter abzupfen und fein hacken. Das Ei fein hacken.

5 Kräuter, Ei und Senf unter den Frischkäse rühren und mit Salz und Pfeffer abschmecken.

6 Den Schinken in kleine Würfel schneiden. Die Tortillas mit der Frischkäsecreme bestreichen und mit Schinken, Spargel und Paprika belegen. Ein Viertel der Tortillas über die Spargelenden schlagen, dann von der Seite her fest aufrollen.

Tipp: Beidseitig eingeschlagene Wraps in der Mitte schräg durchschneiden und z. B. in kleinen Gläsern (Verrines) servieren.

marinierter Spargel mit Feta

auf Cocktailtomaten

Für 4 Personen
als Vorspeise/Beilage
(sonst: für 2 Personen)

1 kg grüner Spargel
Salz und Zucker
250 g Cocktailtomaten
4 EL Olivenöl
2 EL weißer Balsamico-Essig
Pfeffer
150 g Feta, zerbröselt
4 Stängel Basilikum, Blätter abgezupft

geröstete Weißbrotscheiben, zum Servieren

1 Den Spargel putzen und von holzigen Enden befreien. In kochendem Wasser mit 1 Teelöffel Salz und einer Prise Zucker etwa 10 Minuten garen, bis er bissfest ist. Danach sofort im Eiswasser abkühlen.

2 Die Tomaten waschen und halbieren.

3 Für die Vinaigrette Öl und Essig mit einem Schneebesen verrühren. Mit Salz, Zucker und Pfeffer abschmecken.

4 Spargel und Tomaten in einer Schüssel vermengen und mit der Vinaigrette beträufeln. 30 Minuten marinieren.

5 Spargel und Tomaten in einer Schale anrichten und mit Fetabröseln und Basilikumblättern bestreut servieren.

Dazu schmeckt geröstetes Weißbrot.

warmer Spargelsalat
English Style

Für 4 Personen
als Vorspeise/Beilage
(sonst: für 2 Personen)

1 kg weißer Spargel, dicke Stangen
Salz und Zucker
2 EL Kapern
100 g Mixed Pickles
1 Bund Kerbel
(oder 1 TL getrockneter Kerbel)
5 Stängel Estragon
8 EL Olivenöl
5 EL Estragonessig
weißer Pfeffer
2 EL Worcestersauce

frisches Baguette, zum Servieren

1 Den Spargel schälen und holzige Enden entfernen. Die Stangen in 4 cm lange Stücke schneiden. In einem großen Topf mit wenig Wasser übergießen, mit Salz und Zucker würzen und zugedeckt 15 Minuten dünsten, bis er bissfest ist.

2 In der Zwischenzeit die Marinade zubereiten: Kapern und Mixed Pickles abtropfen lassen und fein hacken.

3 Kerbel und Estragon hacken (getrocknete Kräuter zerreiben). Olivenöl und Essig in einer Schüssel verrühren, dann Kapern, Mixed Pickles und Kräuter untermischen. Mit Salz, Pfeffer und Worcestersauce kräftig abschmecken.

4 Den Spargel gründlich abtropfen lassen. In eine Schüssel geben und noch warm mit der Marinade übergießen. An einem kühlen Ort 12 – 24 Stunden ziehen lassen.

5 Gut gekühlt mit frischem Baguette servieren.

Spargel aus der Silberfolie

im eigenen Saft

Für 2 Personen

1 kg weißer Spargel
3 TL weiche Butter
Zucker und Kräutersalz
Parmesanspäne

frisches Baguette, zum Servieren

1 Den Spargel schälen und holzige Enden entfernen.

2 Den Backofen auf 200 °C (Umluft: 180 °C) vorheizen. Vier großzügige Stücke Alufolie jeweils doppelt legen (oder festere Grillfolie verwenden) und mit je 1 Teelöffel Butter einfetten. Den Spargel in zwei gleich großen Portionen auf die Folien legen. Die Ränder der Folien etwas nach oben biegen.

3 Auf jede Spargelportion 1 Teelöffel Butter und 1 Teelöffel Wasser geben. Mit Zucker und Kräutersalz bestreuen und verschließen. Im vorgeheizten Backofen je nach Dicke der Spargelstangen 30–40 Minuten backen.

4 Vor dem Servieren die Folie aufreißen und den Spargel mit Parmesanspänen bestreuen. Dazu frisches Baguette reichen.

Tipp: Als Hauptmahlzeit Schinken (siehe Seite 96) und Salzkartoffeln dazu reichen.

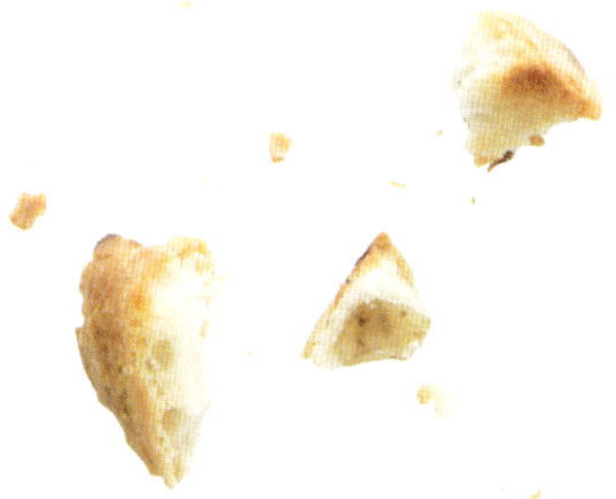

Omelett mit grünem Spargel *und Camembert*

Für 4 Personen

1 kg grüner Spargel
8 Eier
1 EL Zitronensaft
2 EL Mineralwasser mit Kohlensäure
Salz und Pfeffer
4 rote Paprika, gewürfelt
2 Bund Frühlingszwiebeln, in dünne Ringe geschnitten
20 Basilikumblätter, in Streifen geschnitten
1 milder Camembert

1 Die Stangen nicht schälen, nur holzige Enden vom Spargel abschneiden. In leicht gesalzenem Wasser etwa 10 Minuten kochen, bis er bissfest ist.

2 In der Zwischenzeit Eier, Zitronensaft und Mineralwasser verquirlen. Mit Salz und Pfeffer abschmecken. Daraus bei mittlerer Hitze in einer Pfanne vier Omeletts braten.

3 Den Backofen auf 180 °C vorheizen.

4 Währenddessen die Paprikawürfel mit den Frühlingszwiebeln in einer weiteren Pfanne kurz kräftig anbraten. Die Hitze reduzieren, das in Streifen geschnittene Basilikum dazugeben und kräftig pfeffern. Das Ganze leicht schwenken.

5 Die fertigen Omeletts mit den ganzen Spargelstangen und dem gebratenen Gemüse belegen.

6 Den Camembert in dünne Scheiben schneiden und auf die vier Portionen verteilen. Die Omeletts einrollen und nebeneinander in eine ofenfeste Form legen.

7 Im vorgeheizten Backofen 10 Minuten backen, bis der Käse geschmolzen ist. Heiß servieren.

Tipp: Dazu schmeckt ein gut gekühlter Riesling.

Spargel mit gerührtem Ei

auf Toast à la Levent

Für 4 Personen
als Vorspeise/Beilage
(sonst: für 2 Personen)

500 g grüner Spargel
Salz und Zucker
6 Eier
Pfeffer
1 EL Butter
4 Scheiben Toastbrot
4 Scheiben Serrano-Schinken
1 Bund Petersilie, gehackt

Sauce:
125 g Crème fraîche
Saft von ½ Zitrone
Salz
Pfeffer

1 Das untere Drittel der Spargelstangen schälen und holzige Enden entfernen. In kochendem Wasser mit 1 Teelöffel Salz und einer Prise Zucker etwa 10 Minuten garen, bis er bissfest ist. Anschließend abgießen und gut abtropfen lassen.

2 Die Eier mit Salz und Pfeffer verquirlen. Die Butter in einer Pfanne erhitzen und darin das Rührei braten.

3 Das Toastbrot goldbraun toasten und anschließend mit Serrano-Schinken, Spargel und Rührei belegen. Mit der Petersilie bestreuen.

4 Für die Sauce Crème fraîche mit dem Zitronensaft verrühren. Mit Salz und Pfeffer abschmecken und zu den Toasts reichen.

festliche

Spargel-Lachs-Terrine

Für 4 Personen

750 g grüner Spargel
3 Blatt weiße Gelatine
200 g Frischkäse
250 g Schmand
Salz und Pfeffer
300 g Räucherlachs in Scheiben

Zum Servieren:
gemahlener weißer Pfeffer
1 kleines Bund Dill

1 Das untere Drittel der Spargelstangen schälen und holzige Enden entfernen. Die Stangen in Salzwasser 5 Minuten blanchieren. Abgießen und abkühlen lassen.

2 Die Gelatine nach Packungsanweisung einweichen und ausdrücken.

3 Frischkäse und Schmand in einer Schüssel glatt rühren, mit Salz und Pfeffer abschmecken, dann die eingeweichte Gelatine unterziehen.

4 Eine kleine Kastenform mit Frischhaltefolie auslegen. So kann die Terrine später problemlos aus der Form gehoben werden.

5 Die Form nun mit den Lachsscheiben auslegen. So arrangieren, dass rundum 6 cm der Scheiben über den Rand hängen.

6 Frischkäsecreme und Spargel abwechselnd in die Form schichten. Zum Schluss den überhängenden Lachs über der Mousse zusammenlegen. Das Ganze mindestens 3 Stunden in den Kühlschrank stellen.

7 In Scheiben schneiden und mit frisch gemahlenem weißem Pfeffer und Dill bestreut servieren.

weißer Spargel

in Blätterteignestern

Für 2 Personen

500 g weißer Spargel
500 g Blätterteig, TK-Ware aufgetaut
Mehl, zum Bestäuben
6 Scheiben Serrano-Schinken, halbiert
12 kleine Scheiben Gouda
6 EL geriebener Parmesan

Zum Servieren:
saure Sahne
frische, gemischte Kräuter

1 Den Spargel schälen und holzige Enden entfernen. In kochendem Salzwasser 5 Minuten garen, abgießen und kalt abschrecken. Mit einem Küchentuch gut trocken tupfen.

2 Den Blätterteig auf einer bemehlten Arbeitsfläche auslegen. Mit einem runden Gefäß (z. B. kleine Müslischale oder große Tasse) zwölf Böden für die Törtchen ausstechen. Die Teigreste ausrollen und zwölf Ränder ausstechen. Dafür die Tasse bzw. Müslischale und zusätzlich ein kleineres Gefäß verwenden.
Die Ränder mit etwas Wasser auf den Böden befestigen.

3 Den Backofen auf 180 °C vorheizen.

4 In die Nester je eine halbe Scheibe Schinken und eine kleine Scheibe Käse legen.

5 Den Spargel in mundgerechte Stücke schneiden und auf die Nester verteilen.

6 Den Parmesan darüberstreuen, dann die Nester im Ofen 30 Minuten backen.

Dazu schmeckt ein Dip aus saurer Sahne und frischen Kräutern.

Hauptspeisen

Spargel-Schinken-Röllchen
mit gratinierten Tomaten

Für 4 Personen

600 g weißer Spargel
Salz und Zucker
600 g grüner Spargel
300 g große Scheiben Serrano-Schinken
250 g Tomaten
300 g Gouda, gerieben
1 kleines Bund Petersilie, gehackt

Zum Servieren:
frisch gekochte Pellkartoffeln
Blattsalat

1 Den Backofen auf 200 °C vorheizen. Den weißen Spargel schälen, holzige Enden entfernen und den Spargel in etwas kochendem Wasser mit ½ Teelöffel Salz und einer Prise Zucker 12 Minuten dünsten.

2 Das untere Drittel der grünen Spargelstangen schälen, holzige Enden entfernen und den Spargel in etwas kochendem Wasser mit ½ Teelöffel Salz und einer Prise Zucker 8 Minuten dünsten, bis er bissfest ist.

3 Den Spargel jeweils mit einem Schaumlöffel aus dem Topf heben und gut abtropfen lassen. Warm halten.

4 Jeweils drei bis vier Stangen – farblich gemischt – in eine Schinkenscheibe einrollen und nebeneinander in eine Auflaufform legen.

5 Die Tomaten in Scheiben schneiden und auf die Schinkenröllchen legen. Schließlich mit dem geriebenen Käse bestreuen.

6 Im vorgeheizten Backofen auf der mittleren Schiene 15 Minuten überbacken. Mit Petersilie bestreuen und sofort servieren. Dazu Pellkartoffeln und Blattsalat reichen.

überbackener Spargel mit
Bresaola und Mozzarella

Für 2 Personen

1 kg weißer Spargel
Salz und Zucker
Pfeffer
1 EL zerlassene Butter
150 ml Weißwein
300 g Bresaola
(italienischer Schinken)
100 g Mozarella, gerieben
3 EL Semmelbrösel, nach Belieben
3 Stängel frischer Majoran,
Blätter abgezupft

frisch gekochter Naturreis,
zum Servieren

1 Den Spargel schälen, holzige Enden entfernen und den Spargel in sehr wenig kochendem Wasser mit ½ Teelöffel Salz und einer Prise Zucker 8 Minuten dünsten. Herausnehmen und gut abtropfen lassen.

2 Den Spargel in eine Auflaufform legen und mit Salz und Pfeffer würzen. Zerlassene Butter und Weißwein darübergießen.

3 Den Backofen auf 180 °C vorheizen.

4 Den Schinken in feine Streifen schneiden und über dem Spargel verteilen, dann mit dem geriebenen Käse bestreuen. Nach Belieben eine dünne Schicht Semmelbrösel darüberstreuen.

5 Im vorgeheizten Backofen auf der mittleren Schiene 15 Minuten backen, bis der Käse geschmolzen ist und leicht braun wird. Mit Majoran bestreuen und mit frisch gekochtem Naturreis servieren.

frittierter Spargel im *Nusspanadenmantel*

Für 4 Personen

500 g weißer Spargel, dicke Stangen
Salz und Zucker
200 g Gouda, in dünne Scheiben geschnitten
200 g gekochter Schinken, möglichst große Scheiben
100 g Mehl
2 Eier
50 g Semmelbrösel
50 g gemahlene Haselnüsse
50 g Sesamsaat
Rapsöl, zum Frittieren

Joghurtsauce:
250 g griechischer Joghurt (10 % Fett)
1 EL Olivenöl
1 EL Zitronensaft
3 EL gemischte Kräuter (TK-Ware)
Salz und Pfeffer

1 Den Spargel schälen, holzige Enden entfernen und den Spargel in sehr wenig kochendem Wasser mit ½ Teelöffel Salz und einer Prise Zucker 12 Minuten dünsten. Herausnehmen und gut abtropfen lassen.

2 Je nach Dicke jeweils zwei bis drei Stangen Spargel in eine Scheibe Gouda, dann in eine Scheibe Schinken wickeln und das Ganze mit kleinem Holzspießen fixieren.

3 Die Röllchen im Mehl wenden und anschließend leicht abklopfen.

4 Die Eier in einem flachen Teller verquirlen. Die bemehlten Röllchen im verquirlten Ei wenden.

5 In einem weiteren flachen Teller Semmelbrösel mit Haselnüssen und Sesam mischen. Die Röllchen schließlich in dieser Mischung wälzen. Die Panade rundum etwas andrücken.

6 Eine Pfanne 2 cm hoch mit Rapsöl füllen und erhitzen. Die Röllchen darin frittieren, bis sie knusprig sind. Sofort servieren.

7 Für die Joghurtsauce alle Zutaten verrühren. Zu den Spargelröllchen reichen.

gegrillter Spargel mit
Zitronen-Vinaigrette

Für 6 Personen

3 kg grüner Spargel
Olivenöl, zum Bestreichen
2 EL Zitronensaft
Salz und Pfeffer

Vinaigrette:
1 Bund Schnittlauch
1 Bund Petersilie
1 Bund Estragon
1 Bund Dill
1 ½ EL Obstessig
1 ½ EL Zitronensaft
6 EL Olivenöl
1 TL mittelscharfer Senf
1 Frühlingszwiebel, in feine Ringe geschnitten
Salz und Pfeffer

geröstetes Olivenbrot, als Beilage

1 Das untere Drittel der Spargelstangen schälen und holzige Enden entfernen. Wenn die Grillkohle gut durchgeglüht (weiß) ist, den Spargel mit etwas Olivenöl bestreichen und direkt auf dem Rost grillen. Der Spargel benötigt nur wenige Minuten (je nach Stärke der Spargelstangen), bis er gar ist. Beim Grillen oft wenden und dabei prüfen, ob der Spargel fertig ist; er sollte nicht zu weich werden.

2 Vom Grill nehmen, mit dem Zitronensaft beträufeln und mit Salz und Pfeffer würzen.

3 Für die Vinaigrette alle Blätter von den Kräuterstängeln zupfen und fein hacken.

4 Essig, Zitronensaft, Öl und Senf in einer kleinen Schüssel verrühren. Kräuter und Frühlingszwiebel zugeben. Zum Schluss mit Salz und Pfeffer abschmecken.

Frisch geröstetes Olivenbrot dazu reichen.

gebratener grüner Spargel mit Schweinemedaillons

Für 4 Personen

1 kg grüner Spargel
Olivenöl, zum Braten
Salz und weißer Pfeffer
3 EL weißer Balsamico-Essig
1 EL Zucker
1 kg Schweinefilet, in 2–3 cm dicke Scheiben geschnitten
250 g Cocktailtomaten

Parmesanspäne, zum Bestreuen

1 Das untere Drittel der Spargelstangen schälen und holzige Enden entfernen.

2 Olivenöl in einer Pfanne erhitzen und die Häfte des Spargels darin braten, bis er gar, aber noch bissfest ist. Mit einem Schaumlöffel aus der Pfanne heben und warm stellen. Dann den übrigen Spargel in der Pfanne ebenfalls bissfest braten. Mit einem Schaumlöffel herausheben und zu dem anderen Spargel legen.

3 Den Spargel mit Salz und Pfeffer würzen. Das Öl aus der Pfanne abgießen, die Pfanne aber nicht auswischen. Essig und Zucker in der Pfanne verrühren, bis der Zucker sich aufgelöst hat, dann über den Spargel träufeln. Warm halten.

4 Währenddessen die Schweinemedaillons mit Salz und Pfeffer würzen und in einer Pfanne von jeder Seite 4 Minuten braten.

5 Die Cocktailtomaten zu den Medaillons legen und die Pfanne mit einem Deckel schließen. Bei geringer Hitze 5 Minuten weitergaren, bis die Tomaten heiß sind. Mit dem Spargel auf Tellern anrichten und mit Parmesanspänen bestreut servieren.

spargel Saucen

spargel Saucen

1. Orangenmayonnaise

2 Eigelb
500 ml Sonnenblumenöl (ersatzweise Raps- oder Maiskeimöl)
2 TL Senf
Saft und abgeriebene Schale von 1 Orange oder Blutorange
1 El Balsamico-Essig
1 Prise Curry
Salz und Pfeffer
Zucker

1 Das Eigelb in einer Schüssel mit dem Handrührgerät aufschlagen. Das Öl anfangs tropfenweise, später in einem dünnen Strahl unter ständigem Rühren zugießen, bis eine cremige Mayonnaise entsteht.

2 Senf, 3 Esslöffel Orangensaft, 2 Esslöffel Orangenschale, Essig und Curry einrühren. Mit Salz, Pfeffer und einer Prise Zucker abschmecken. Nach Belieben mit weiterem Saft und Schale abschmecken. Orangenmayonnaise passt farblich sehr gut zu grünem Spargel.

2. Vinaigrette

1 rote Zwiebel
1 kleine Essiggurke
1 Ei, hart gekocht
1 TL scharfer Senf
200 ml Olivenöl
100 ml Weißweinessig
Saft von ½ Zitrone
500 ml Gemüsebrühe
Salz und Pfeffer
Zucker
½ Bund Kerbel

1 Die rote Zwiebel schälen und sehr fein würfeln. Die Essiggurke ebenfalls fein würfeln, das Ei hacken.

2 In einer Schüssel den Senf mit Öl verrühren, dann Essig, Zitronensaft und Brühe zugeben. Das Dressing mit Salz, Zucker und Pfeffer abschmecken und zu den fein geschnittenen Zutaten geben. Kerbel fein hacken und zuletzt untermischen. Die Vinaigrette passt sehr gut zu lauwarmem Spargel.

3. Kürbiskern-Honig-Sauce

30 g Walnüsse
30 g Kürbiskerne
6 EL Öl
3 EL flüssiger Honig
1 EL Senf
3 EL Weißweinessig
1 EL Rosmarinblätter
Salz und Pfeffer

1 Walnüsse und Kürbiskerne ohne Fettzugabe in einer beschichteten Pfanne rösten, bis sie braun werden. Grob hacken.

2 Das Öl mit Honig, Senf und Essig verrühren.

3 Die Rosmarinblätter mit einem Wiegemesser sehr fein zerkleinern und zur Ölmischung geben.

4 Mit Salz und Pfeffer abschmecken und über die Walnusskerne gießen. Statt Walnüssen und Kürbiskernen eignen sich auch Pinienkerne, Sesamsaat oder andere Nüsse für dieses Rezept.

4. Limettenbutter

½ unbehandelte Limette
1 Schalotte oder
½ rote Zwiebel
125 g Butter
Salz und frisch gemahlener Pfeffer
1 Bund Zitronenmelisse oder Schnittlauch

1 Die Limette heiß abspülen. Die Schale fein abreiben oder mit dem Sparschäler schälen und diese Streifen fein hacken.

2 Die Schalotte (oder, wenn man es bunter mag, die rote Zwiebel) fein hacken und mit 1 Esslöffel Butter in der Pfanne glasig dünsten.

3 Die übrige Butter zugeben und zerlassen. Die Limettenschale einrühren, mit Salz und Pfeffer abschmecken und nach Belieben gehacktes Kraut zufügen oder separat dazu reichen.

5. Schnittlauch-Joghurt-Sauce

300 g Naturjoghurt
1 EL Mayonnaise
2 Bund Schnittlauch
Salz und Pfeffer
1 EL Zitronensaft

1 Den Joghurt mit der Mayonnaise in einer Schüssel verrühren.

2 Den Schnittlauch in sehr feine Röllchen schneiden und zugeben.

3 Mit Salz, Pfeffer und Zitronensaft abschmecken und alles gut verrühren.

geklärte Butter (auch Butterschmalz oder Ghee genannt)

250 g Butter (oder auch die doppelte Menge als Vorrat) in einem hohen Topf zerlassen, dann unter ständigem Rühren aufkochen. Dabei entweicht das in der Butter enthaltene Wasser, und gleichzeitig setzen sich Eiweißbestandteile am Topfboden ab, können dort auch anbraten. Die Butter wird dunkler.

Wenn kein Wasserdampf mehr entweicht, wird die Butter durch ein sehr feines Sieb (Teesieb) oder einen Kaffeefilter abgegossen. So ist die Butter von Feststoffen befreit. Geklärte Butter schmeckt sehr gut zu Spargel. Nach Belieben salzen oder frische Kräuter einrühren.

Geklärte Butter eignet sich auch bestens zum Braten von Fleisch, daher ruhig mehr herstellen und den Rest im Kühlschrank bis zur nächsten Verwendung aufheben.

Sauce hollandaise/béarnaise

(siehe Seite 56, Nr. 6) Ergibt etwa 1 Liter/ Für 6–8 Personen

Zunächst 2 Esslöffel Essig, 4 Esslöffel Weißwein, 2 Lorbeerblätter, 1 Esslöffel Wacholderbeeren, 2 Schalotten, gewürfelt, und 6 Eier bereitstellen.

Diese Zutaten (ohne Eier!) in einem kleinen Topf erhitzen und auf die Hälfte einkochen.

Die Eier sauber trennen. Für die Sauce wird nur das Eigelb gebraucht. (Das Eiweiß evtl. anderweitig verwenden.)

Die Reduktion durch ein feines Sieb gießen und auf Zimmertemperatur abkühlen lassen.

500 g Butter zerlassen, aber nicht zu stark kochen, sodass sich die Eiweißbestandteile absetzen.

Das Eigelb im heißen Wasserbad aufschlagen. Es wird etwas heller, darf aber nicht fest werden.

Die abgekühlte Reduktion in die Eigelbmasse rühren und cremig aufschlagen.

Die zerlassene Butter zuerst tropfenweise, dann in dünnem Strahl zugeben. Dabei ständig rühren.

Noch eine Weile im Wasserbad lassen, bis die Sauce gut erhitzt ist. Dabei ständig weiterrühren.

Den Saft von ½ Zitrone zugießen und einrühren. Fertig ist die Sauce hollandaise!

Frischen Estragon und Kerbel mit dem Messer oder einem Wiegemesser fein zerkleinern.

Die Kräuter in die Sauce rühren und mit Pfeffer und Salz abschmecken. Nun ist es eine perfekte Béarnaise.

Spargel-Kartoffel-Gratin
mit Schinken

Für 4 Personen

800 g Kartoffeln
1 kg weißer Spargel
Salz
2 EL Butter
2 EL Mehl
100 g Frischkäse
Pfeffer
frisch geriebener Muskat
Chiliflocken
200 g Kochschinken, in kleine Würfel geschnitten
150 g Gouda oder Emmentaler, gerieben
50 g Paniermehl

1 Die Kartoffeln schälen und in 5 mm dicke Scheiben schneiden. Den Spargel schälen und holzige Enden entfernen. Den Spargel in 4 cm lange Stücke schneiden, dicke Stangen noch einmal längs halbieren.

2 In kochendem Salzwasser die Kartoffeln 3 Minuten kochen, dann den Spargel zufügen und weitere 6 Minuten kochen, abgießen und dabei den Kochsud auffangen.

3 Kartoffelscheiben und Spargelstücke spiralförmig in eine Auflaufform schichten.

4 Die Butter bei mittlerer Hitze in einem Topf zerlassen. Mit dem Mehl bestäuben, die Mischung zügig verrühren und etwa 200 ml Kochsud zugießen. Unter ständigem Rühren eine Sauce herstellen.

5 Den Backofen auf 200 °C vorheizen. Den Frischkäse unterrühren. Die Mischung mit Salz, Pfeffer, Muskat und Chiliflocken abschmecken.

6 Die Schinkenwürfel über den Kartoffeln verteilen und den Auflauf mit der Sauce übergießen. 10 Minuten im Ofen backen.

7 Käse und Paniermehl mischen, darüberstreuen und weitere 10 Minuten überbacken.

Das Gratin schmeckt auch als Beilage zu Kurzgebratenem oder Gegrilltem sehr lecker.

grüner Spargel mit *feurigen Frittata-Ecken*

Für 2 Personen

750 g grüner Spargel
2 rote Chillies
3 EL Olivenöl
1 Handvoll glatte Petersilienblätter
1 Handvoll Basilikumblätter
6 Eier
50 ml Milch
60 g geriebener Parmesan
Salz und Pfeffer
1 Bund Schnittlauch, in feine Röllchen geschnitten

1 Das untere Drittel der Spargelstangen schälen und holzige Enden entfernen. Die Stangen in 3 cm lange Stücke schneiden.

2 Die Chillies waschen, längs aufschneiden und entkernen. Die Chillies fein hacken.

3 Das Öl in einer Pfanne erhitzen, dann Spargel und Chillies darin 10 Minuten dünsten, bis der Spargel gar, aber noch bissfest ist.

4 Währenddessen die Kräuter waschen und in feine Streifen schneiden.

5 Die Eier in einer Schüssel mit der Milch verquirlen. Kräuter und Parmesan einrühren.

6 Die Eimischung mit Salz und Pfeffer würzen und über den Spargel in die Pfanne gießen. Zugedeckt gut 10 Minuten bei schwacher Hitze stocken lassen.

7 Die Frittata behutsam aus der Pfanne heben, in Stücke schneiden und mit Schnittlauch bestreut servieren.

milde

Spargel-Quiche

Für 4 Personen

Mürbeteig:
250 g Mehl
150 g Butter oder Margarine
1 Prise Zucker
1 Msp. Salz
1 Ei

800 g grüner Spargel, geputzt und blanchiert
200 g fettarme Schinkenwürfel
4 Eier
1 Becher Crème fraîche oder Schmand mit Kräutern
1 Bund Schnittlauch
Salz und Pfeffer

grüner Salat, zum Servieren

1 Für den Mürbeteig das Mehl auf die Arbeitsfläche sieben und in die Mitte eine Mulde drücken. Die kalte Butter oder Margarine in kleine Stücke schneiden und auf dem Mehlrand verteilen. Zucker, Salz und Ei in die Mulde geben und alle Zutaten zügig zu einem glatten Teig kneten. Den Teig in Frischhaltefolie wickeln und im Kühlschrank mindestens 30 Minuten ruhen lassen.

2 Den Backofen auf 180 °C vorheizen. Eine Tarte- oder Quiche-Form mit kaltem Wasser ausspülen. Den Teig ausrollen und die Form damit auslegen. Mit Backpapier und Bohnen beschweren und 10 Minuten blindbacken.

3 Das untere Drittel der Spargelstangen schälen, holzige Enden entfernen und den Spargel blanchieren.

4 Die Form aus dem Ofen nehmen, Backpapier und Bohnen entfernen. Den blanchierten Spargel spiralformig auf den Teig legen, darüber die Schinkenwürfel streuen.

5 Die Eier mit Crème fraîche oder Schmand verquirlen. Den Schnittlauch in feine Röllchen schneiden und zu den Eiern geben. Mit Salz und Pfeffer würzen, dann die Mischung über den Spargel gießen.

6 Im Backofen weitere 30 Minuten backen. Die Eimasse muss gestockt sein.

Einen grünen Salat dazu reichen.

grüner Spargel mit Parmesan

in Kräuter-Risotto

Für 4 Personen

500 g grüner Spargel
Salz und 1 Prise Zucker
2 Schalotten
4 EL Butter
300 g Rundkornreis, gewaschen
100 ml trockener Weißwein
800 ml Gemüsebrühe, erhitzt
75 g geriebener Parmesan
3 EL frisch gehackte
glatte Petersilie
Salz und schwarzer Pfeffer

Petersilienblätter,
zum Garnieren

1 Das untere Drittel der Spargelstangen schälen, holzige Enden entfernen und die Stangen in 3 cm lange Stücke schneiden. In kochendem Salzwasser mit dem Zucker 8–10 Minuten garen. Abgießen und abtropfen lassen.

2 Die Schalotten abziehen und fein würfeln.

3 Die Hälfte der Butter erhitzen und die Schalottenwürfel bei mittlerer Hitze darin glasig dünsten. Den Reis dazugeben und rühren, bis er fettig glänzt.

4 Den Wein zugießen und so lange rühren, bis er aufgesogen wurde. Die heiße Brühe kellenweise zum Reis geben und bei geringer Hitze und unter regelmäßigem Rühren kochen. Erst wenn die Brühe aufgesogen wurde, eine weitere Kelle voll zugießen. Diesen Schritt wiederholen, bis der Reis gar ist und der Risotto eine cremige Konsistenz hat.

5 Spargelstücke, restliche Butter, Hälfte des Parmesans und gehackte Petersilie vorsichtig unterrühren. Den Risotto mit Salz und Pfeffer abschmecken.

6 Mit dem übrigen Parmesan und Petersilienblättern bestreut sofort servieren.

grün-weißes Spargelgitter in
Knoblauch-Ei-Dressing

Für 4 Personen

Dressing:
5 Knoblauchzehen
160 ml Olivenöl
40 ml frisch gepresster Limettensaft
40 ml weißer Balsamico-Essig
½ TL Salz
weißer Pfeffer

20 Stangen grüner Spargel
20 dünne Stangen weißer Spargel
3 Eier (Größe L), hart gekocht

glatte Petersilienblätter, zum Garnieren

1 Die Knoblauchzehen schälen und in kochendem Salzwasser 1 Minuten blanchieren. Zerdrückt in ein ausreichend großes Schraubglas (ca. 300 ml Volumen) oder einen anderen Frischebehälter geben.

2 Öl, Limettensaft und Essig darübergießen. Mit Salz und Pfeffer würzen. Das Ganze mindestens über Nacht durchziehen lassen.

3 Den weißen Spargel schälen, den grünen nur am unteren Drittel. Zusammen oder getrennt – je nach verfügbarer Topfgröße – 10–15 Minuten garen, bis er bissfest ist. Beide Sorten sollten gleich dicke Stangen haben, dann sind sie auch gleichzeitig gar.

4 Die Eier pellen und fein hacken.

5 Zum Anrichten pro Person je 5 Stangen von jeder Farbe auf einem flachen Teller verweben.

6 Die gehackten Eier auf die Teller verteilen und das Dressing darüberträufeln. Mit Petersilieblätter garniert servieren.

Spargel-Champignon-
Crespelle mit Erbsen

Für 4 Personen

Crespelle:
3 EL zerlassene Butter
250 g Mehl
500 ml Milch
5 Eier
Salz
Fett, zum Braten

400 g weißer Spargel
400 g Champignons
2 EL Butter
125 g Erbsen, TK-Ware aufgetaut
1 Knoblauchzehe, zerdrückt
2 EL gemischte Kräuter (TK-Ware), nach Belieben
Pfeffer
1 Bund Brunnenkresse

grüner Salat, zum Servieren

1 Für die Crespelle die zerlassene Butter mit Mehl, Milch und Eiern zu einem flüssigen Teig verquirlen. Kräftig salzen. Mindestens 30 Minuten stehen lassen (falls länger, in den Kühlschrank stellen).

2 Den Spargel schälen, holzige Enden entfernen, den Spargel in mundgerechte Stücke schneiden und in Salzwasser 8 Minuten blanchieren.

3 Die Champignons putzen und in Scheiben schneiden.

4 Die Butter in einer Pfanne erhitzen. Den blanchierten Spargel, Champignons, Erbsen und Knoblauch darin bei geringer Hitze schmoren, bis Spargel und Erbsen gar sind. Regelmäßig rühren und wenden. Zum Schluss nach Belieben die gemischten Kräuter unterrühren und kräftig mit Salz und Pfeffer abschmecken. Warm halten, bis die Crespelle fertig sind.

5 In einer zweiten Pfanne etwas Fett erhitzen und den Teig zu sehr dünnen Crespelle ausbacken, bis der gesamte Teig aufgebraucht ist.

6 Zum Servieren die Spargelmischung auf den Crespelle verteilen, diese doppelt einschlagen oder aufrollen. Unmittelbar vor dem Auftragen großzügig mit der Brunnenkresse bestreuen.

Dazu passt ein grüner Salat.

Spaghetti Vongole mit „Meeresspargel“

Für 4 Personen

500 g grüner Spargel
Salz und Zucker
500 g Vongole (Venusmuscheln)
3 Knoblauchzehen, zerdrückt
4 EL Olivenöl
125 g Queller
250 ml Weißwein
500 g Spaghettini (dünne Spaghetti)
3 Stängel Petersilie,
Blätter abgezupft und gehackt
Pfeffer

zerlassene Butter, zum Servieren

1 Das untere Drittel der Spargelstangen schälen, holzige Enden entfernen und den Spargel in mundgerechte Stücke schneiden. Diese in kochendem Salzwasser mit einer Prise Zucker etwa 8 Minuten kochen, bis sie bissfest sind. Abgießen.

2 Die Muscheln waschen, geöffnete Exemplare aussortieren. Anschließend kurz aufkochen, bis die Muscheln sich öffnen. Noch geschlossene Exemplare aussortieren.

3 Den Knoblauch im Olivenöl kurz anbraten (er darf nicht braun werden, sonst wird er bitter). Die Muscheln zugeben, die Pfanne mit einem Deckel verschließen und kurz erhitzen.

4 Den Queller zugeben und 3 Minuten braten. Das Ganze mit dem Weißwein ablöschen und bei geschlossenem Deckel erhitzen.

5 Die Spaghettini nach Packungsanweisung al dente kochen.

6 Nudeln und Spargel in die Pfanne geben, alles vermengen und mit Salz und Pfeffer abschmecken. Mit gehackter Petersilie bestreuen. Wenn alles gut erhitzt ist, sofort servieren.

Spargel-Cannelloni *mit Pinienkernen*

Für 4 Personen

4 EL Pinienkerne
750 g grüner Spargel
Salz und Zucker
400 g Cocktailtomaten
3 EL Olivenöl
2 Knoblauchzehen, zerdrückt
100 ml trockener Weißwein
100 ml Gemüsebrühe
1 Bund Basilikum
12 Cannelloni
250 g Ricotta
3 Eigelb
150 g fettarmer Schinken, gewürfelt
Pfeffer
Butter, zum Einfetten
50 g geriebener Parmesan

1 Die Pinienkerne in einer Pfanne trocken (ohne Fett) rösten, bis sie gerade eben braun werden.

2 Das untere Drittel der Spargelstangen schälen und holzige Enden entfernen. Die Stangen in 2 cm lange Stücke schneiden, die Spitzen ganz lassen. In kochendem Salzwasser mit einer Prise Zucker 5 Minuten blanchieren.

3 Die Tomaten mit kochendem Wasser übergießen und häuten.

4 Das Öl in einem Topf erhitzen und Tomaten und Knoblauch darin bei mittlerer Hitze 10 Minuten dünsten. Mit Wein und Gemüsebrühe ablöschen und 5 Minuten köcheln.

5 Vom Basilikum die Blätter abzupfen. Die eine Hälfte hacken, die andere Hälfte ganz lassen.

6 Die Cannelloni nach Packungsanweisung vorgaren.

7 Den Ricotta mit dem Eigelb verrühren, dann 2 Esslöffel Pinienkerne, die Hälfte des Spargels, Schinkenwürfel und gehacktes Basilikum untermischen. Mit Salz und Pfeffer abschmecken.

8 Den Backofen auf 170 °C vorheizen. Die Ricottamasse in die Cannelloni füllen. Eine Auflaufform mit Butter einfetten und die Cannelloni hineinschichten. Die Tomaten mit Sud und die restlichen Spargelstücke darüber verteilen und alles mit dem Parmesan bestreuen.

9 30 Minuten auf der mittleren Schiene garen. Mit den restlichen Pinienkernen und den ganzen Basilikumblättern bestreut servieren.

exotischer

Lachs-Mango-Spargel

Für 4 Personen

400 g weißer Spargel
400 g grüner Spargel
Salz und Zucker
1 vollreife Mango
300 g Lachsfilet
2 EL frisch gepresster Zitronensaft
2 EL frisch gepresster Orangensaft
1 EL Reisessig
3 EL helle Sojasauce
3 EL Sesamöl
Pfeffer
2 EL Erdnussöl

frische Korianderblätter, zum Garnieren

1 Den weißen Spargel schälen und holzige Enden entfernen. Das untere Drittel der grünen Spargelstangen schälen und holzige Enden entfernen. Beide Sorten getrennt in kochendem Salzwasser mit einer Prise Zucker blanchieren: den weißen Spargel 10 Minuten, den grünen 6 Minuten. Die Stangen dürfen noch sehr knackig sein.

2 Die Mango schälen und in gleichmäßig große Spalten schneiden.

3 Den Lachs quer zur Faser in dünne Scheiben schneiden.

4 Aus Zitronensaft, Orangensaft, Reisessig, Sojasauce, Sesamöl und Pfeffer eine Marinade herstellen. Die Lachsscheiben 5 Minuten darin marinieren. Dann abtropfen lassen; die Marinade dabei auffangen.

5 Das Erdnussöl in einer großen Pfanne erhitzen und den Spargel darin unter häufigem Wenden braten, bis er bräunt und gar ist. Die aufgefangene Marinade darübergießen und kurz schmoren. Nach Belieben mit Salz und Pfeffer nachwürzen.

6 Spargel und Mangospalten auf einer Servierplatte oder auf Tellern anrichten, den abgetropften Lachs darüber verteilen und mit der Marinade umgießen. Mit Korianderblättern garniert servieren. Schmeckt lauwarm und kalt.

Tipp: Dazu schmeckt Orangenmayonnaise (siehe Seite 58).

Schweinefilet mit Rucola und Spargelspitzen
in Honig-Senf-Dressing

Für 4 Personen

2 EL Olivenöl
800 g Schweinefilet
schwarzer Pfeffer
300 g kleine Champignons
1,2 kg grüne und weiße Spargelspitzen, gemischt
Salz
1 Bund Rucola
40 g Parmesanspäne

Dressing:
6 EL Olivenöl
2 EL Balsamico-Essig
2 Knoblauchzehen, zerdrückt
1 EL Zitronensaft
1 EL scharfer Senf
1 EL Honig
Salz und Pfeffer

1 Den Backofen auf 175 °C vorheizen. Das Olivenöl in einer Pfanne erhitzen. Das Schweinefilet rundum pfeffern und in dem Öl von allen Seiten anbraten. Auf ein Backblech legen und 20 Minuten im Ofen weitergaren. Das Öl in der Pfanne lassen.

2 Die Champignons putzen. Kleine Exemplare ganz lassen, größere halbieren oder vierteln.

3 Die Spargelspitzen in kochendem Salzwasser 2 Minuten blanchieren. Abtropfen lassen und in der Pfanne mit dem aufbewahrten Öl weitergaren. Nach 3 Minuten die Champignons dazugeben. Nach weiteren 3 Minuten vom Herd nehmen, salzen und pfeffern, dann beiseitestellen.

4 Den Rucola putzen und besonders lange Blätter halbieren. Den Rucola in eine Schüssel geben.

5 Für das Honig-Senf-Dressing alle Zutaten verrühren. Mit Salz und Pfeffer abschmecken.

6 Das Filet nach der Garzeit in Alufolie wickeln und noch 5 Minuten ruhen lassen, dann tranchieren und mit Spargelspitzen und Champignons auf einer Servierplatte oder auf Tellern anrichten. Mit dem Parmesan bestreuen.

7 Das Gericht sowie den Rucola mit dem Honig-Senf-Dressing beträufeln und sofort servieren.

grüner Spargel
à la Catherine

Für 4 Personen

1,5 kg grüner Spargel
Salz und Zucker
2 rote Zwiebeln
200 g Frühstücksspeck am Stück
1 EL Butter
8 Eier
40 g Parmesanspäne
4 EL Olivenöl
frisch gemahlener schwarzer Pfeffer
½ Bund Schnittlauch, in feine Röllchen geschnitten

geröstetes Weißbrot, zum Servieren

1 Das untere Drittel der Spargelstangen schälen und holzige Enden entfernen. Den Spargel in kochendem Salzwasser mit einer Prise Zucker 7 Minuten blanchieren und abgießen.

2 Die roten Zwiebeln schälen und in dünne Ringe schneiden. Den Speck in kurze, dünne Streifen schneiden und beides in einer Pfanne anbraten, bis der Speck knusprig ist.

3 Speck und Zwiebelringe mit einem Schaumlöffel aus der Pfanne heben und beiseitestellen. Die Butter in der Pfanne erhitzen und die Eier darin – je nach Pfannengröße portionsweise – zu Spiegeleiern braten.

4 Den Spargel auf vier Teller verteilen, mit den Parmesanspänen bestreuen, mit dem Olivenöl beträufeln und mit Salz und frisch gemahlenem Pfeffer würzen.

5 Die Spiegeleier auf dem Spargel anrichten, Speck und Zwiebeln darüberstreuen und mit Schnittlauchröllchen garniert servieren.

Dazu schmeckt geröstetes Weißbrot.

Süßspeisen

Spargel-Erdbeer-Dessert
mit Vanilleeis

Für 4 Personen

250 g grüner Spargel
Salz und Zucker
2 EL Zitronensaft
1 TL Butter
3 EL Himbeeressig
1 EL Kürbiskernöl
Pfeffer
250 g Erdbeeren
4 Kugeln Vanilleeiscreme

geröstete Kürbiskerne, zum Bestreuen

1 Das untere Drittel der Spargelstangen schälen und holzige Enden entfernen. Die Stangen in 3 cm lange Stücke schneiden. In kochendem Salzwasser mit einer Prise Zucker, Zitronensaft und Butter 10 Minuten garen, bis er bissfest ist.

2 Für das Dressing Essig und Öl miteinander verrühren und mit Salz und Pfeffer abschmecken. Das Dressing über den warmen Spargel gießen und 15 Minuten marinieren.

3 Die Erdbeeren putzen und halbieren. Unter die Spargelstücke mischen und mit je einer Kugel Vanilleeis sowie mit gerösteten Kürbiskernen bestreut servieren.

Rhabarberkompott mit Spargel-Honig-Mousse

Für 4 Personen

6 Stangen weißer Spargel
Salz und 1 Prise Zucker
3 Blatt Gelatine
3 Eigelb
60 g Zucker
2 EL Honig
50 ml Milch
½ Vanillestange, längs aufgeschlitzt
200 g Sahne

Kompott:
250 g Rhabarber
2 EL Crème de Cassis
125 ml Weißwein
3 EL Honig
1 EL Speisestärke
3 EL Johannisbeersaft
Zucker, zum Abschmecken

Minze (kleine Blätter), zum Garnieren

1 Den Spargel schälen, holzige Enden entfernen und die Stangen in 3 cm lange Stücke schneiden. In Salzwasser mit einer Prise Zucker sehr weich kochen, abgießen und pürieren.

2 Die Gelatine nach Packungsangabe in kaltem Wasser einweichen.

3 Für das Kompott den Rhabarber putzen, schräg in mundgerechte Stücke schneiden, in 100 ml Wasser bissfest kochen. Crème de Cassis, Weißwein und Honig zugießen und aufkochen. Die Speisestärke mit dem Johannisbeersaft anrühren und die Weinmischung damit binden. Nach Belieben mit Zucker nachsüßen. Erneut aufkochen, dann vom Herd nehmen und abkühlen lassen.

4 Für die Mousse Eigelb, Zucker und Honig in einer Schüssel schaumig rühren.

5 Milch und Vanillestange zusammen aufkochen. Anschließend die Vanillestange entfernen. Die heiße Vanillemilch in die schaumige Eigelbmasse rühren und im Wasserbad cremig aufschlagen.

6 Die ausgedrückte Gelatine zugeben, verrühren, dann das Ganze über eine Schüssel mit Eiswasser hängen und schlagen, bis die Masse abgekühlt ist.

7 Die Sahne steif schlagen und mit dem Spargelpüree unter die Gelatinecreme heben. 3–4 Stunden kalt stellen.

8 Das Rhababerkompott auf vier Dessertschalen verteilen. Mit einem Esslöffel Nocken von der Spargel-Mousse abstechen und daraufsetzen. Mit Minze garniert servieren.

süßer Spargel im Bierteig mit Erdbeer-Mascarpone-Creme

Für 4 Personen

8 Stangen weißer Spargel
Salz und 1 Prise Zucker
2 EL Zitronensaft

Erdbeer-Mascarpone-Creme:
150 g Erdbeeren
1 EL Puderzucker
100 g Sahne
150 g Mascarpone
1 EL brauner Zucker
1 EL dunkler Rum

Bierteig:
150 g Mehl
2 Eier, getrennt
1 Prise Salz
125 ml Bier
1 Vanillestange
100 g Zucker
750 g Butterschmalz oder 750 ml Rapsöl

50 g Zartbitterschokolade, zum Verzieren
200 g Erdbeeren, zum Servieren

1 Den Spargel schälen und holzige Enden entfernen. Die Stangen in kochendem Salzwasser mit einer Prise Zucker und Zitronensaft 10–15 Minuten kochen. Abgießen, abtropfen lassen und trocken tupfen.

2 Für die Erdbeer-Mascarpone-Creme die Erdbeeren klein schneiden. In eine Schüssel geben und mit dem Puderzucker bestreuen.

3 Die Sahne steif schlagen, Mascarpone, braunen Zucker und Rum unterrühren. Die Erdbeeren unterheben und zur Seite stellen.

4 Für den Bierteig Mehl und Eigelb mit einer Prise Salz und Bier glatt rühren.

5 Die Vanillestange längs aufschlitzen und das Mark herauskratzen. Mit dem Zucker vermischen.

6 Das Eiweiß in einer Schüssel mit der Hälfte des Vanillezuckers steif schlagen und dann unter die Bierteigmasse ziehen.

7 Den Spargel in dem übrigen Vanillezucker wälzen, im Bierteig wenden, bis er ganz umhüllt ist. In einem großen Topf das Butterschmalz erhitzen, vorsichtig den Spargel hineingeben und darin etwa 3 Minuten goldgelb frittieren. Den Spargel mit einem Schaumlöffel herausheben und auf Küchenpapier abtropfen lassen.

8 Jeweils zwei Spargelstangen auf einen Teller legen und die Erdbeer-Mascarpone-Creme darübergeben.

9 Die Schokolade im Wasserbad schmelzen und das Dessert damit verzieren. Weitere Erdbeeren dazu reichen.

Spargel-Rosinen-Soufflé *im Mokkatässchen*

Für 6–8 Personen,
je nach Tassengröße

150 g weißer Spargel
3 EL Rosinen
3 EL Orangenlikör oder Limoncello
125 g Butter
5 Eier, getrennt
150 g Zucker
125 g Sahne, steif geschlagen
250 g Magerquark
1 TL fein abgeriebene Zitronenschale
1 TL fein abgeriebene Orangenschale
1 Prise Salz
2 EL Speisestärke
2 EL Butter, zerlassen
Zucker, zum Ausstreuen der Tassen

1 Den Spargel schälen, holzige Enden entfernen und die Stangen in 1 cm große Stücke schneiden, dann in kochendem Salzwasser 8–10 Minuten blanchieren.

2 Spargelstücke und Rosinen mit Orangenlikör oder Limoncello beträufeln und zugedeckt 2 Stunden marinieren.

3 Butter, Eigelb und die Hälfte des Zuckers hell und schaumig schlagen. Sahne und Quark unter die Masse rühren, dann die marinierten Rosinen und Spargelstücke dazugeben.

4 Zitrusschalen, Salz und Speisestärke einrühren. Den Backofen auf 180 °C vorheizen.

5 Das Eiweiß mit dem restlichen Zucker steif schlagen und unter die Quarkcreme heben.

6 Soufflé-Formen oder andere hitzebeständige Gefäße, etwa Kaffeetassen, mit der zerlassenen Butter innen fetten und mit Zucker ausstreuen. Überschüssigen Zucker entfernen.

7 Die Soufflé-Masse in die Formen füllen und im vorgeheizten Ofen 30–35 Minuten backen. Zwischendurch die Ofentür nicht öffnen. Sofort servieren.

Register

Schinken – die klassische Beilage zu Spargel

In der Spargelzeit könnte man eigentlich mehrmals pro Woche Spargel essen. Wenn es dann unter der Woche beim Kochen nicht lange dauern soll, ist gekochter oder in Folie gebackener Spargel (siehe Seite 35) mit Schinken und Salzkartoffeln die schnellste Zubereitungsart. Nun bleibt noch die Entscheidung für den Schinken. Man unterscheidet grundsätzlich zwischen geräuchertem und gekochtem Schinken. Es liegt an Ihnen, ob Sie zum milden Spargel auch einen milden Schinken oder Braten bevorzugen oder gerade umgekehrt einen kräftigeren Geschmack als Kontrast schätzen. Aber auch aufgeschnittener kalter Braten eignet sich hervorragend als Beilage.

Hier eine kurze Beschreibung einiger Sorten:

• **Serrano:** Dieser milde, luftgetrocknete Räucherschinken aus Spanien stammt vom hellen Hausschwein, im Gegensatz zum teureren Pata Negra, der vom schwarzen iberischen Schwein stammt. Beide sind faserarm.

• **San Daniele** und **Parmaschinken** sind zwei luftgetrocknete Räucherschinkensorten aus Italien mit feiner Fettmaserung und mildem Geschmack. San-Daniele-Schinkenkeulen werden häufig mit der typischen Pfote angeboten.

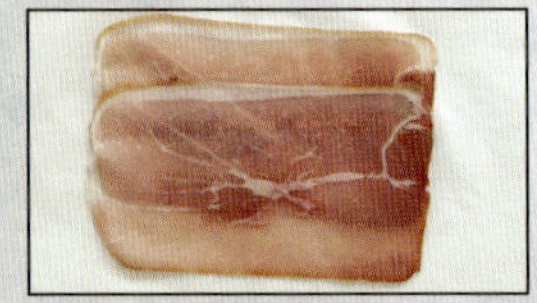

• **Ardenner Schinken,** der gepökelt und über Laubholz, meist Buche, geräuchert wird, stammt aus den belgischen Ardennen. Anders als Kernrauchschinken ist Ardenner Schinken von außen kupferfarben.

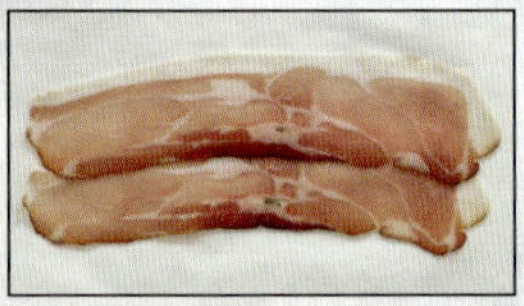

• **Tiroler Speck** ist eigentlich kein Schinken, sondern wird aus Bauch- und Rückenfleisch vom Schwein hergestellt. Er wird mit Salz, Pfeffer und Kümmel, teils auch mit weiteren Gewürzen eingerieben und dann zwei bis drei Monate geräuchert.

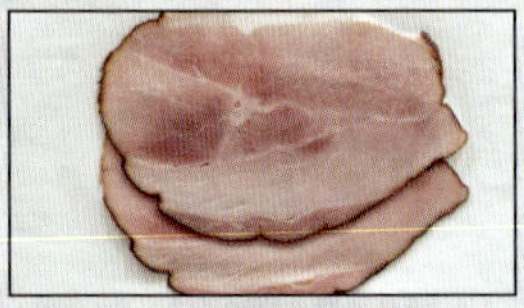

• **Kernrauchschinken** ist eine holsteinische Spezialität. Er wird mit Speck und Schwarte aus dem Schinkeninneren geschnitten, handgeschnürt und über Buchenholz dunkel geräuchert. Er ist sehr saftig.

• Bei **Kochschinken** wird eine Salzlösung in den Schinken injiziert und dann wird das Fleisch gekocht. Manche Sorten werden mit Kräutern eingerieben, etwa Rosmarinschinken.

Unter den **Braten** stehen nicht nur Produkte aus Schweinefleisch, wie Schweine- oder Krustenbraten, zur Auswahl, sondern auch Rind, etwa feines Roastbeef, das innen noch rosa sein sollte und gut zu fetthaltigen Saucen wie Hollandaise passt, die einen feinen Räucherschinken überlagern und aufweichen würden. Und wer etwas ganz Besonderes möchte, der kauft Schinken vom Wildschwein, Hirsch, Rentier oder vom Elch.
Guten Appetit!